KB234713

그림엽서집

꽃과 밥

꽃과 밥

ⓒ 정현우 2018

초판 1쇄 | 2018년 1월 2일

지은이 | 정현우
펴낸이 | 정미화   펴낸곳 | 이케이북
출판등록 | 제2013-000020호   주소 | 서울시 관악구 신원로 35, 913호
전화 | 02-2038-3419   팩스 | 0505-320-1010
홈페이지 | ekbook.co.kr   전자우편 | ekbooks@naver.com

ISBN 979-11-86222-17-1   03810

꽃과 밥

그림엽서집

글 · 그림 정현우

이케이북

그림엽서는 진즉에 해보고 싶었던 형식이었다. 굳이 시詩·서書·화畵를 아울렀던 옛 선비들의 문인화 전통을 들먹이진 않겠다.

문명이 인간을 정말 행복하게 하는 걸까? 이제 스마트폰 시대의 사람들은 사람을 만나도 대화하지 않는다. 각자 자신의 스마트폰을 들여다볼 뿐이다. 자발적 고독이다. 미국의 사회학자 데이빗 리스먼이 반세기 전에 말한 '고독한 군중'이 관념이 아닌 현실이 된 것이다. 스마트폰은 문명의 이기인가? 흉기인가? 생각해보지 않을 수 없다. 어느 시점에서 문명이 멈췄으면 좋았겠다. 음악사로 말하자면 엘피 시대쯤에서……

그림엽서 형식은 그 시절에 대한 향수와 헌사다.

2017년 겨울

정현우

차례

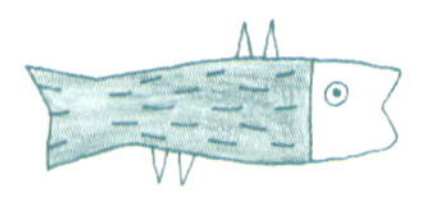

가난

자본주의 국가에서
가난은 가장 큰 죄입니다.
공소시효도 없습니다.

자본주의 국가에서
가난은 가장 큰 죄입니다
공소시효도 없습니다

-가난

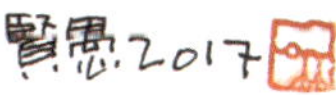

매형 빈소에서 누나의 어릴 적 친구를 만났습니다. 누나의 친구는 제가 태어날 무렵의 얘기를 들려줬습니다. 저는 전흔이 선명하게 남아있던 수복지구 어느 난민주택에서 태어났답니다. 하지만 제가 두 살 때 우리 가족은 그 곳을 떠났고 저는 출생지에 대한 기억이 전혀 없습니다.

제 어머니도 저를 배고 입덧을 했답니다. 총각김치가 먹고싶었지만 우리집엔 없었답니다. 누나는 하숙집 딸 친구에게 사정을 말했고 누나의 친구는 몰래 총각김치를 퍼다 주었답니다. 당시 누나들 나이를 계산해보니 열서너 살이네요.

제가 유난히 총각김치를 좋아하는 연유가 밝혀진 것입니다. 입덧 음식이 총각김치였다니요. 매형의 돌연한 죽음도 슬펐거만 돌아가신 어머니의 가난한 입덧이 너무 슬퍼 돌아오는 차 안에서 눈시울을 붉히고야 말았습니다.

· 가난한 입덧

현우 2017

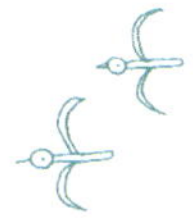

매형 빈소에서 누나의 어릴 적 친구를 만났습니다.
누나의 친구는 제가 태어날 무렵의 얘기를 들려줬습니다.
저는 전흔이 선명하게 남아있던 수복지구
어느 난민주택에서 태어났답니다.
하지만 제가 두 살 때 우리 가족은 그곳을 떠났고
저는 출생지에 대한 기억이 전혀 없습니다.

제 어머니도 저를 배고 입덧을 했답니다.
총각김치가 먹고 싶었지만 우리 집엔 없었답니다.
누나는 하숙집 딸 친구에게 사정을 말했고
누나의 친구는 식구들 몰래 총각김치를 퍼다 주었답니다.
당시 누나들 나이를 계산해보니 열서너 살이네요.

제가 유난히 총각김치를 좋아하는 연유가 밝혀진 것입니다.

입덧 음식이 총각김치였다니요.

매형의 돌연한 죽음도 슬펐지만

돌아가신 어머니의 가난한 입덧이 너무 슬퍼

돌아오는 차 안에서 눈시울을 붉히고야 말았습니다.

거북이는 이빨이 없다
아무도 물지 못하겠다
거북이는 딱딱한 등이 있다
아무에게도 물리지 않겠다
느리게 오래 사는 까닭이겠다

· 거북이

늘현우 2017

사람이 꽃보다 아름답다니
개소리입니다
사람은 꽃을 꺾지만
꽃은 사람을 꺾지 않습니다

-개소리

賢愚 2016

개소리

사람이 꽃보다 아름답다니
개소리입니다.
사람은 꽃을 꺾지만
꽃은 사람을 꺾지 않습니다.

고립과 소통

1997년 12월이었습니다.

소양호가 내려다보이는 오항리 민박집에서 그림을 그렸습니다.

어느 날 폭설이 내려 길이 끊겼습니다.

일주일 동안 아무도 오지 않았습니다.

다행히 담배와 소주와 라면은 쟁여놓은 게 있었습니다.

닷새쯤 지나자 저는 혼자 중얼거리기 시작했습니다.

애인도 없었지만 전화도 없었습니다.

돌아버릴 것 같았습니다.

마당에 나가 주인집 개에게 말을 걸었고

개복숭아 나무에게도 말을 걸었습니다.

특별한 사람만 동식물과 소통하는 게 아니었습니다.

오래 고립 돼본 사람은 누구나

동식물과 대화를 할 수 있었던 것입니다.

1997년 12월이었습니다. 소양호가 내려다보이는 오항리 민박집에서 그림을 그렸습니다. 어느 날 폭설이 내려 길이 끊겼습니다. 일주일 동안 아무도 오지 않았습니다. 다행히 담배와 소주와 라면은 쟁여 놓은 게 있었습니다. 닷새쯤 지나자 혼자 중얼대기 시작했습니다. 애인도 없었지만 전화도 없었습니다. 돌아버릴 것 같았습니다. 마당에 나가 주인집 개에게 말을 걸었고 개복숭아나무에게도 말을 걸었습니다.

특별한 사람만 동식물과 소통 하는 게 아니었습니다. 오래 고립 돼본 사람은 누구나 동식물과 대화를 할 수 있었던 것입니다.

· 고립과 소통

현우 2017

과대망상

단 하루만이라도 어떤 국가의 국민도 아닌 채
살아보고 싶습니다

현우 2017

과대망상

단 하루만이라도
어떤 국가의 국민도 아닌 채
살아보고 싶습니다.

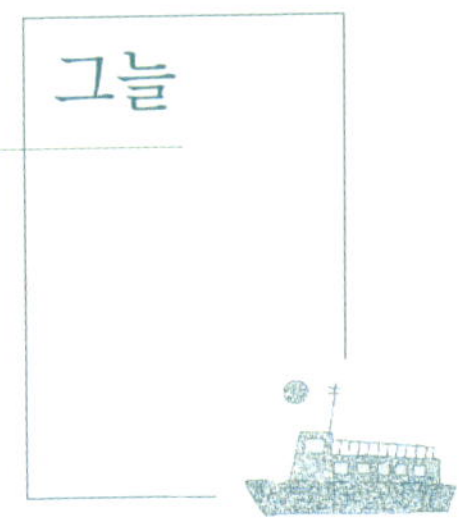

그늘

폐쇄된 중도 선착장에서
오랜 친구들과 낮술을 마십니다.
개발에 밀려난 유람선 몇 척
물속 깊이 그늘을 담그고 정박해 있습니다.
지나온 항로를 반추하고 있습니다.

그늘 속으로 물고기들이 모여듭니다.
그늘 속에선 인간도 물고기도 한가합니다.
너무 오래 그늘을 찾아 다녔습니다.
그늘이 되려면 정착해야 한다는 걸
이제야 알다니요.

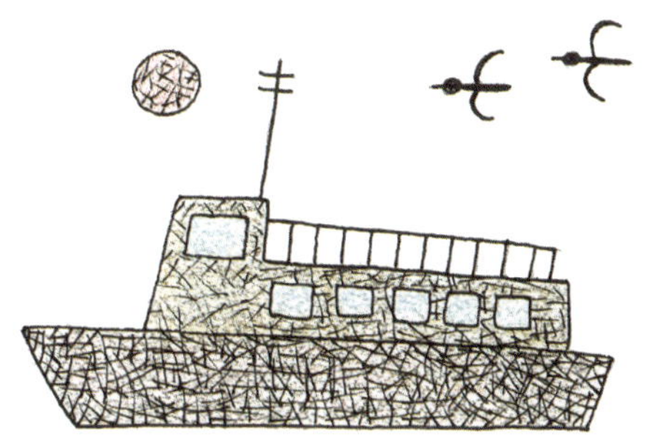

폐쇄된 중도 선착장에서
오랜 친구들과 낮술을 마십니다
개발에 밀려난 유람선 몇 척
물속 깊이 그늘을 담그고 정박해 있습니다
지나온 항로를 반추하고 있습니다

그늘 속으로 물고기들이 모여듭니다
그늘 속에선 인간도 물고기도 한가합니다
너무 오래 그늘을 찾아 다녔습니다
그늘이 되려면 정착해야 한다는 걸
이제야 알다니요

　　　－그늘

賢愚 2017

멀리서 기적소리만 들려올 뿐
기차는 한 생애가 저물도록
오지 않았습니다

기차가 도착했을 땐 세상이
더 이상 궁금하지 않았습니다

-김유정 역

기적소리

멀리서 기적소리만 들려올 뿐
기차는 한 생애가 저물도록
오지 않았습니다.
기차가 도착했을 땐 세상이
더 이상 궁금하지 않았습니다.

비밀을 간직한 사람처럼
아무도 없는 11월 역에 앉아
「기차는 8시에 떠나고」
아그네스 발차의 노래를
들어보고 싶었습니다.

"기차는 8시에 떠나고
그는 역에 홀로 앉아 있겠지요
안개 속에서 시계를 보며"

스마트폰에 아그네스 발차를 저장했습니다.
아직도 이런 감상이 남아 있다니요.
나이를 헛먹은 모양입니다.

비밀을 간직한 사람처럼
아무도 없는 11월 역에 앉아
'기차는 8시에 떠나고'
아그네스 발차의 노래를
들어보고 싶었습니다

'기차는 8시에 떠나고
그는 역에 홀로 앉아 있겠지요
안개 속에서 시계를 보며'

스마트폰에 아그네스 발차를
저장했습니다
아직 이런 감상이 남아 있다니요
나이를 헛먹은 모양입니다

      -김유정역,
      기차는 8시에 떠나고

현우 2017

춘호형, 여관에서 여관으로 달랑 가방 하나 들고 이사를 다니던
형이 몹시 부러웠던 시절이 있었어요 가방 하나에 생의 전부를
담을 수 있다니 형이 새처럼   가벼워 보였어요
같누록 세상이 노름판   같다는 생각이 드네요
어차피 자본주의라는 게   돈 놓고 돈 먹는 거라지만

춘호형, 여전히 가방   하나 들고 노름판을
떠더돌고 있는 거죠?   소낙비 오면 왜
형 생각이 나는지   모르겠어요 노름꾼은
식술이 없어야 한다는   걸 아는 형이 좋았어요
나는 늘 형이 전생에   좋은 일 많이 해서
이번 생엔 놀려온   사람이라고 생각해요
춘호형, 끝까지 흘가분   하걸 빌어요

김유정역,
－소낙비

賢愚. 2016

소낙비

춘호 형, 여관에서 여관으로 달랑 가방 하나 들고
이사를 다니던 형이 몹시 부러웠던 시절이 있었어요.
가방 하나에 생의 전부를 담을 수 있다니
형이 새처럼 가벼워 보였어요.
갈수록 세상이 노름판 같다는 생각이 드네요.
어차피 자본주의라는 게 돈 놓고 돈 먹는 거라지만……

춘호 형, 여전히 가방 하나 들고
혼자 노름판을 떠돌고 있는 거죠?
소낙비 오면 왜 형 생각이 나는지 모르겠어요.
노름꾼은 식솔이이 없어야 한다는 걸 아는 형이 좋았어요.
나는 늘 형이 전생에 좋은 일 많이 해서
이번 생엔 놀러온 사람이라고 생각해요.
춘호 형, 끝까지 홀가분하길 빌어요.

실레마을

삼십대를 실레마을에서 살았습니다.
요절한 작가를 좋아했고
간이역을 좋아했던 시절이었습니다.
마을엔 김유정 기적비가 있었고,
기적비 곁엔 느티나무도 있었지만
김유정을 찾는 사람은 아무도 없었습니다.
그의 짧은 생애가 몹시 애석해 내 삶이 너무 비루해
낮술을 마시곤 했었습니다.

아버지가 돌아가시고 실레마을을 떠났습니다.
서른아홉이었고 돈보다 자유라고 생각했었습니다.

삼 십 대를 실레마을에서 살았습니다. 요절한 작가를 좋아 했고
간이역을 좋아 했던 시절이었습니다.

마을엔 김유정
기적비 곁엔
있었지만
사람은 아무도
그의 짧은 생애가
내 삶이 너무 비루해
낙술을 마시곤

아버지가 돌아가시고
돈보다 자유라고

-김유정역
  실레마을

기적비가 있었고
오래된 느티나무도
김유정을 찾는
없었습니다
너무 애석해
느티나무 밑에 앉아
했었습니다

실레마을을 떠났습니다
생각 했습니다

현우 2017

꽃도 보기싫을 만큼
살기 싫을 때도 있습니다
방문 잠그고
병든 개처럼
한 사흘 굶어야겠습니다
꽃이 밥처럼 보일 때까지

　　　-꽃과 밥

현우2016

꽃도 보기 싫을 만큼

살기 싫을 때도 있습니다.

방문 잠그고

병든 개처럼 한 사흘 굶어야겠습니다.

꽃이 밥처럼 보일 때까지.

눈
만다라

눈이 내립니다.

강원도 산간의 겨울 속에선 누구나 수행자가 됩니다.

모래 만다라를 그리는 티베트의 라마승처럼

저는 이 겨울 모래 대신 눈으로 만다라를 그립니다.

모래 만다라는 해체가 완성입니다.

눈 만다라를 완성하려면 눈을 치워야 합니다.

아니면 눈이 녹을 때까지 불편을 감수해야 합니다.

게으른 저는 불편을 감수하곤 했습니다.

그러나 오늘은 꼭 눈을 치우겠습니다.

눈 만다라를 완성하겠습니다.

운이 좋으면 덧없어 아름다운 한 순간을 볼 수 있겠지요.

눈이 내립니다 강원도 산간의 겨울 속에선
누구나 수행자가 됩니다 모래 만다라를
그리는 티벳의 라마승처럼 저는 이 겨울
모래 대신 눈으로 만다라를 그립니다 모래
만다라는 해체가 완성입니다 눈 만다라를
완성하려면 눈을 치워야 합니다 아니면 눈이
녹을 때까지 불편을 감수해야 합니다

게으른 저는 불편을 감수하곤 했습니다
그러나 오늘은 꼭 눈을 치우겠습니다
눈 만다라를 완성하겠습니다 운이 좋으면
덧없어 아름다운 한순간을 볼 수 있겠지요

- 눈 만다라

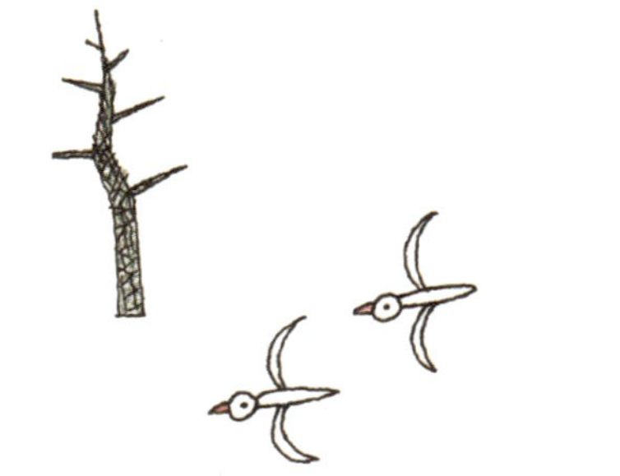

또 한 해가 저물고 있습니다
돌이켜 보면 늘 잘못 살았습니다
잘 한 거라곤 지난 여름
단식을 했다는 것 밖에 없군요
투쟁단식은 아니고 건강단식이었습니다

열흘 굶고 깨달았습니다
마음은 머리나 가슴이 아니라
뱃 속에 있었습니다

- 단식

賢愚 2016

단식

또 한 해가 저물고 있습니다.

돌이켜보면 늘 잘못 살았습니다.

잘 한 거라곤 지난여름에

단식을 했다는 것밖에 없군요.

투쟁단식은 아니고 건강단식이었습니다.

열흘 굶고 깨달았습니다.

마음은 머리나 가슴이 아니라

뱃속에 있었습니다.

피터보로 市에서도 귀뚜라미가 운다,

귀뚜라미는 모국어가 없다.

잭슨 공원에선 초로의 거리 악사가

리 오스카를 연주하고 있다.

음악 속에 은전 한 닢을 던져주고

나는 길을 잃는다.

배낭 속의 꿈들이 길 위에 새는 것도 모르고 걸었다.

갑자기 돌아가야 할 조국이 생각나지 않았다.

웅성거리는 골목을 비켜서서

모국어로 나지막이 울었다.

피터보로市에서도 귀뚜라미가 운다
귀뚜라미는 모국어가 없다
잭슨 공원에선 초로의 거리악사가
리오스카를 연주하고 있다
음악 속에 은전 한 닢을 던져주고
나는 길을 읽는다
배낭 속의 꿈들이 길 위에 새는 것도 모르고
걸었다
갑자기 돌아가야 할 조국이 생각나지 않았다
웅성거리는 골목을 비껴서서
모국어로 나지막이 울었다

　　　　- 망명 수첩

무엇엔가 몰입할 때 우린 시간으로부터 풀려납니다
커피가 식는 것도 모르고 카드빚도 잊고 언젠가
죽는다는 사실도 잊은 채 어떤 행위에 몰입 될 때가 있습니다
내 안의 기운과 우주의 기운이   만나는 시간입니다
몰입은 구원의 다른 이름이   아닐는지요?

-몰입

현우 2017

몰입

무엇엔가 몰입할 때 우린 비로소
시간으로부터 풀려납니다.
커피가 식는 것도 모르고 카드빚도 잊고 언젠가
죽는다는 사실도 잊은 채
어떤 행위에 몰입될 때가 있습니다.
내 안의 기운과 우주의 기운이 만나는 시간입니다.
몰입은 구원이 다른 이름이 아닐는지요?

미사일과
물고기

물고기를 그렸습니다.

물고기가 꼭 사드미사일처럼 생겼습니다.

그러나 내가 그린 물고기는

미사일을 격추시킬 수 없습니다.

늘 이게 문제군요.

얼마나 더 물고기를 그려야

이 땅에서 미사일이 사라질는지요?

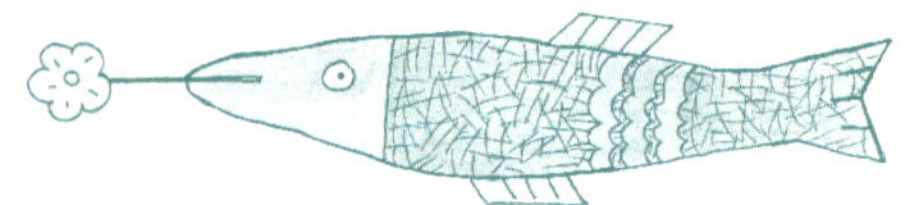

미사일과 물고기

물고기를 그렸습니다. 물고기가 꼭
사드미사일처럼 생겼습니다.
그러나 내가 그린 물고기는
미사일을 격추시킬 수 없습니다.
늘 이게 문제군요. 얼마나 더
물고기를 그려야 이 땅에서
미사일이 사라질는지요?

賢愚. 2016

솜집은 문이 닫히고
구멍가게 막막한
평상에 앉아
담배를 피웁니다
종종 바다로 가는 길을
묻고 싶을 때가 있습니다

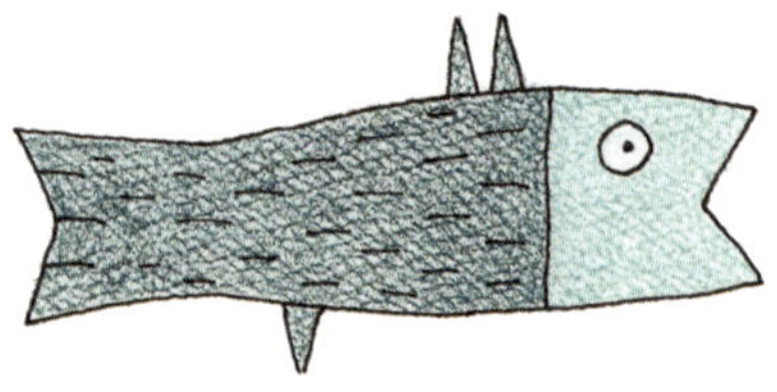

─바다로 가는 길

현우 2016

바다로
가는 길

점占집은 문이 닫히고
구멍가게 막막한 평상에 앉아
담배를 피웁니다.
종종 바다로 가는 길을
묻고 싶을 때가 있습니다.

배려

시 한 편 읽어주러 흑산도에 있는 흑산 중학교에 갔습니다.
'신나는 예술여행'이라는 아르코 프로그램이었습니다.
흑산 중학교는 전교생이라야 남녀 열여섯 명뿐인
작은 학교였습니다.
우리 일행은 열다섯 명이었습니다.
한꺼번에 너무 많은 손님이 방문한 탓에 실내화가
모자랐습니다.
어쩌나 하며 맨발로 복도 끝에 있는 화장실에 가는데
한 남학생이 헐레벌떡 뛰어왔습니다.
자신의 실내화를 빌려주기 위해서……

시 한 편 읽어주러 흑산도 흑산중학교에 갔었습니다
'신나는 예술여행'이라는 아르코 프로그램이였습니다
전교생이라야 남녀 합쳐 열여섯 명뿐인 작은 학교였습니다
우리 일행은 열다섯 명이였습니다
한꺼번에 너무 많은 손님이 방문한 탓에 실내화가 모자랐습니다
어쩌나 하며 맨발로 복도 끝에 있는 화장실에 가는데
한 남학생이 헐레벌떡 뛰어왔습니다
자신의 실내화를 빌려주기 위해서、、、

- 배려

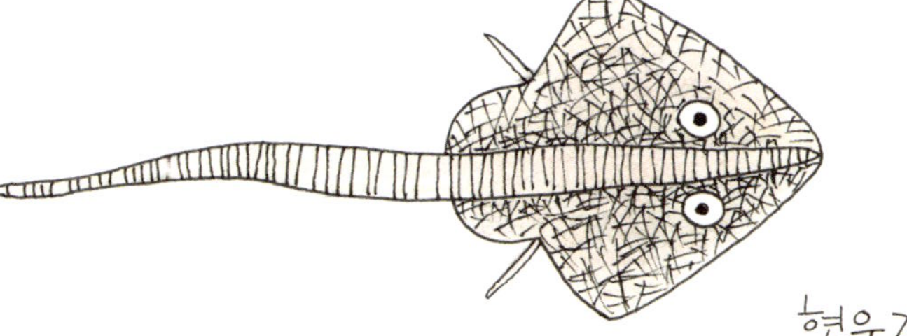

현우 2017

레너드 코헨을 듣고 있습니다
힘 빼고 부르는 노래가 듣기 좋군요
힘 빼고 살수 있는 세상을 생각했습니다

힘 빼고 하는 연애, 힘 빼고 하는 이별
힘 빼고 쓰는 글, 힘 빼고 그리는 그림
힘 빼고 하는 정치, 힘 빼고 하는 노동
힘 빼고 하는 전쟁‥‥‥

영화 '연인'의 양가휘처럼 모로 누워
아편 한 모금 길게 내뿜고 싶은
봄날 입니다

        -봄날

賢愚 2017

레너드 코헨을 듣고 있습니다.

힘 빼고 부르는 노래가 듣기 좋군요.

힘 빼고 살 수 있는 세상을 생각했습니다.

힘 빼고 하는 연애, 힘 빼고 하는 이별

힘 빼고 쓰는 글, 힘 빼고 그리는 그림

힘 빼고 하는 정지, 힘 빼고 하는 노동

힘 빼고 하는 전쟁……

영화 「연인」의 양가휘처럼 모로 누워

아편 한 모금 길게 내뿜고 싶은

봄날입니다.

실낙원

내가 굴렁쇠를 버린 건
하늘은 왜 끝이 없는지
더 이상 궁금해 하지 않기로 한
어느 저녁이었습니다.
그 후 나는 우주로부터 멀어졌습니다.

돌아갈 길이 막막합니다.
굴렁쇠도 없이……

내가 굴렁쇠를 버린 건
하늘은 왜 끝이 없는지
더 이상 궁금해 하지 않기로 한
어느 저녁이었습니다
그 후 나는 우주로부터 멀어졌습니다

돌아갈 길이 막막 합니다
굴렁쇠도 없이.....

-실낙원   현우2017

화가가 그림을 파는 건
농부가 쌀을 파는 것과 같습니다
그러나 그림을 파는 건
쌀을 파는 것보다 어렵습니다
뿐만 아니라 떳떳치도 않습니다

쓸모 없는 걸 팔기 때문입니다

· 쓸모

현우 2017

쓸모

화가가 그림을 파는 건

농부가 쌀을 파는 것과 같습니다.

그러나 그림을 파는 건

쌀을 파는 것보다 어렵습니다.

뿐만 아니라 떳떳하지도 않습니다.

쓸모없는 걸 팔기 때문입니다.

오픈카

시골에선 오픈카를 보기가 쉽지 않습니다.
오픈카가 지나가자 길을 가던 젊은 엄마가
서너 살 먹은 계집아이에게 물었습니다.
"애야 너 저게 무슨 찬지 알아?"
아이가 즉각 대답했습니다.
"응 망가진 차야"

서끝에선 오픈카 보기가 쉽지않 습니다. 오픈카가 지나가자 길을 가던 젊은 엄마가 서너살 먹은 계집애에게 물었습니다.

"애야 너 저 차가 무든 찬지 알아?"

계집애가 즉각 대답 했습니다.

"응 망가진 차야"

아이의 눈은 속일 수가 없습니다.

· 오픈카

현우 2017

雨期

아침에 눈을 떴을 때
들려오던 빗소리가
너무 아늑해
잠자리를 털고 일어나면
비가 그칠 것 같아
결석을 하곤했던
양철지붕 밑에 귀만 남겨놓고
내 몸의 모든 문을 닫아걸던
학창시절이 있었습니다

지금도 비가 내리면
세상에 결석을 하고 싶습니다

賢愚 2016

雨期

아침에 눈을 떴을 때
들려오던 빗소리가
너무 아늑해
잠자리를 털고 일어나면
비가 그칠 것 같아
결석을 하곤 했던
양철 지붕 밑에 귀만 남겨놓고
내 몸의 모든 문을 닫아걸던
학창 시절이 있었습니다.

지금도 비가 내리면
세상에 결석을 하고 싶습니다.

우산

또 우산을 잃어버렸습니다.
식당에서 밥을 먹는 동안
비가 그쳤기 때문입니다.

도대체 나는 얼마나 많은
사람을 잃어버린 건지요?
비 오면 펼쳤다가
비 그치면 접어버린
사람들.

또 우산을 잃어버렸습니다
식당에서 밥을 먹는 동안
비가 그쳤기 때문입니다

도대체 나는 얼마나 많은
사람을 잃어버린 건지요
비가 오면 펼쳤다가
비 그치면 접어버린
사람들

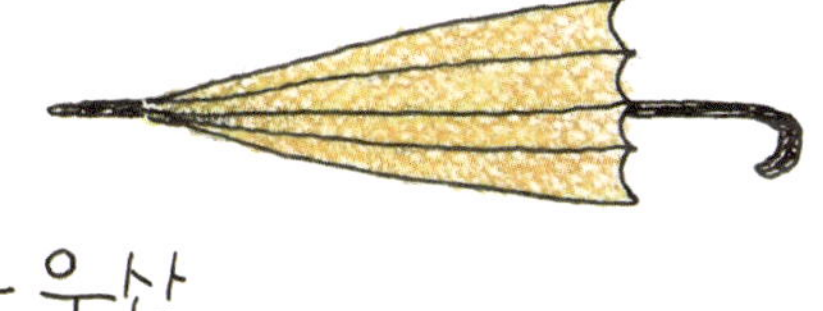

- 우산

賢愚. 2016

말을 타고 몽골 초원을 달리던
전쟁의 기억은 지워졌지만
유목의 피는 끝내 지울 수 없어
계절이 바뀔 때마다
가슴에 키운 말 한 마리
발을 구릅니다

— 유목의 피

賢忠. 2016

유목의
피

말을 타고 몽골 초원을 달리던
전생의 기억은 지워졌지만
유목의 피는 지울 수 없어
계절이 바뀔 때마다
가슴에 키운 말 한 마리
발을 구릅니다.

음유시인

2017년 여름 음유시인 조동진이 세상을 떠났습니다.

나는 그를 한 번 만난 적이 있습니다.

지금은 사라졌지만 80년대 중반 춘천 공지천에 있었던

에메랄드라는 음악카페에서였습니다.

나는 카페 DJ였고 그는 초대 가수였습니다.

공연이 끝나고 몇몇 손님이 사인을 받기 위해 그에게 다가갔습니다.

그는 창밖으로 시선을 내던진 채 끝내 사인을 거부했습니다.

많은 유명인들을 겪어봤지만

팬의 사인 요구를 거부하는 유명인은 처음 봤습니다.

민망해 어쩔 줄 모르는 손님들에게 대신 사과를 해야 했습니다.

그는 유명인의 속물성을 극도로 혐오했던 것 같습니다.

그는 군중 속의 은자였습니다.

로드 맥퀸도 가고 레너드 코헨도 가고 조동진도 갔습니다.

음유시인의 시대가 갔습니다.

2017년 여름 음유시인 조동진이 세상을 떠났습니다. 나는 그를 한 번 만난 적이 있습니다. 지금은 사라졌지만 80년대 중반 춘천 공지천에 있었던 '에메랄드'라는 음악카페에서 였습니다. 저는 카페 디제이였고 그는 초대 가수였습니다.

공연이 끝나고 몇몇 손님이 사인을 받기 위해 그에게 다가갔습니다. 그는 창 밖으로 시선을 내던진 채 끝내 사인을 거부했습니다. 많은 유명인을 겪어봤지만 팬의 사인요구를 거부하는 유명인은 처음 봤습니다. 민망해 어쩔줄 모르는 손님들에게 대신 사과를 해야 했습니다.

그는 유명인의 속물성을 극도로 혐오 했던 것 같습니다. 그는 군중 속의 은자였습니다. 로드 맥퀸도 가고 레너드 코헨도 가고 로드 맥퀸도 가고 조동진도 갔습니다. 음유시인의 시대가 갔습니다.

· 음유시인

현우2017

푸꼬니 라캉이나 들뢰즈니를 쳐들며 독해 안되는 글들을 써대며 잘난체하는 인간들이 종종 있습니다. 쉬운 걸 어렵게 얘기하는 특이한 쪽쪽들입니다. 오죽하면 이런 자들의 글을 인문병신체라고 하겠습니까? 치피우규라는 칼럼니스트가 인문병신체의 예라며 어느 글에서 소개한 문장입니다. '나의 텔로스는 리좀처럼 뻗어나가는 나의 시니피앙이 그 시니피에와 디페랑스 되지 않게 하므로써 그것을 주이상스의 대상이 되지 않게 콘트롤하는 것이다'

외국말을 우리말로 바꾸고 관념을 개념으로 바꿀 수 있어야 지성이 아닐는지요? 지식은 지성이 아닙니다. 어느 철학자의 말처럼 지식은 단지 기억의 재생에 불과할지도 모릅니다. 글 외는 인간들이 서울대도 가고 세상도 지배하던 시대는 이제 끝났습니다. 지식은 네이버 지식인에게 물어보면 됩니다.

- 인문병신체

현우 2017

인문병신체

푸코니 라캉이니 들뢰즈니를 쳐들며 독해 안 되는 글들을
써대며 잘난체하는 인간들이 종종 있습니다. 쉬운 걸 어렵
게 얘기하는 특이한 족속들입니다. 오죽하면 이런 자들의
글을 인문병신체라고 하겠습니까? 최우규라는 칼럼니스트
가 인문병신체의 예라며 어느 글에서 소개한 문장입니다.
"나의 텔로스는 리좀처럼 뻗어나가는 나의 시니피앙이 그
시니피에와 디페랑스되지 않게 함으로써 그것을 주이상스
의 대상이 되지 않게 콘트롤하는 것이다."

외국어를 우리말로 바꾸고 관념을 개념으로 바꿀 수 있어야
지성이 아닐는지요? 지식은 지성이 아닙니다. 어느 철학자의
말처럼 지식은 단지 기억의 재생에 불과할지도 모릅니다. 잘
외는 인간들이 서울대도 가고 세상도 지배하던 시대는 이제
끝났습니다. 지식은 네이버 지식인에게 물어보면 됩니다.

일몰

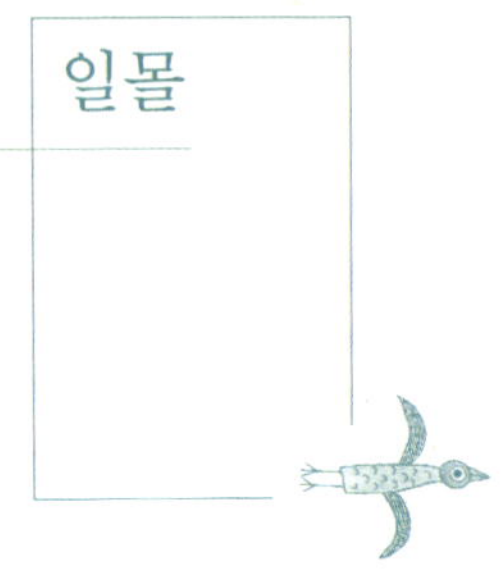

서해의 일몰을 보러 가겠습니다.
일출만 보는 건 정신에 해롭습니다.

잘못 살았다고
이렇게 사는 게 아니었다고
일몰의 바다에 서서
나를 남처럼 오래 바라보겠습니다.
바다가 보이는 여관에서
홀로 저물겠습니다.

서해의
일몰을 보려 가겠
습니다 일출만 보는 건
정신에 해롭습니다 잘못
살았다고 이렇게 사는 게 아
니었다고 일몰의 바다에
서서 나를 남처럼 오래 바
라보겠습니다 바다가 보이
는 여관에서 홀로 저물겠습
다.

· 일몰

ㅎㅇ우 2017

술에 취해 집에 돌아와 주머니를 털면 돈은 없고 일회용 가스라이터
만 서너개씩 쏟아집니다. 배화교 신도도 아닌데 언제부터 왜 이토록
일회용 가스라이터에 집착하게 된건지 애연가라는 것 말고는 딱히 이
유가 없습니다. 일회용 가스라이터에 집착하는만큼 돈에 집착했더라면
부자가 됐을지도 모르겠습니다. 아무튼
일회용 가스라이터는 이 삭막한 자본
주의 세상에서 그나마 네것 내것
안 따지고 공유할 수 있는 물건입니다
사유보다 공유가 많은 세상이 좋은 세
상이겠지요.

· 일회용 가스라이터

현우 2017

술에 취해 집에 돌아와 주머니를 털면 돈은 없고

일회용 가스라이터만 서너 개씩 쏟아집니다.

배화교 신도도 아닌데

언제부터 왜 이토록 라이터에 집착하게 된 건지

애연가라는 것 말고 딱히 이유가 없습니다.

일회용 가스라이터에 집착하는 만큼 돈에 집착했더라면

부자가 됐을지도 모르겠습니다.

아무튼 일회용 가스라이터는

이 삭막한 자본주의 세상에서 그나마

네 것 내 것 안 따지고 공유할 수 있는 물건입니다.

사유보다 공유가 많은 세상이 좋은 세상이겠지요.

첫사랑

논물 보러 갔다가 계집애를 만났습니다.
까까머리 시절 여름 방학 때였습니다.
나는 논둑에 앉아 맹호부대 군가를 부르며
종아리에 달라붙은 거머리를 떼어내고 있었습니다.
처음 보는 계집애가
인기척도 없이 낮달처럼
등 뒤에 떠 있었습니다. 등뒤
물 건너 마을로 이사를 왔다고.
나는 아무 말 없이 계집애의 논으로
물꼬를 틀었습니다.

논물 보러 갔다가   계집애를 만났습니다
까까머리 시절   여름방학 때였습니다
나는 논둑에 앉아   망호부대 군가를 부르며
종아리에 달라붙은   거머리를
떼어내고 있었   습니다
처음 보는   계집애가
인기척도 없이   낮달처럼
등뒤에 더   있었습니다
물건너 마을로   이사를 왔다고
나는 아무   말없이
계집애의   논으로
물꼬를   틀었습니다

- 첫사랑

賢愚 2016

엘피음반에서 흘러나오는
옛날 빗소리를 듣고 있습니다
레너드 코헨의
'페이머스 블루 레인코트'가 흐릅니다
내 첫사랑의 오에스티입니다

빗 속에서 만나 빗 속에서 헤어졌습니다
어떤 시간은 흘러가지 않고
마음 어딘가에 고여
비가 내리면 파문을 일으킵니다

• 첫사랑의 오에스티

현우 2017

엘피 음반에서 흘러나오는

옛날 빗소리를 듣고 있습니다.

레너드 코헨의

「페이머스 블루 레인코트Famous Blue Raincoat」가 흐릅니다.

내 첫 사랑의 오에스티입니다.

빗속에서 만나 빗속에서 헤어졌습니다.

어떤 시간은 흘러가지 않고

마음 어딘가에 고여

비가 내리면 파문을 일으킵니다.

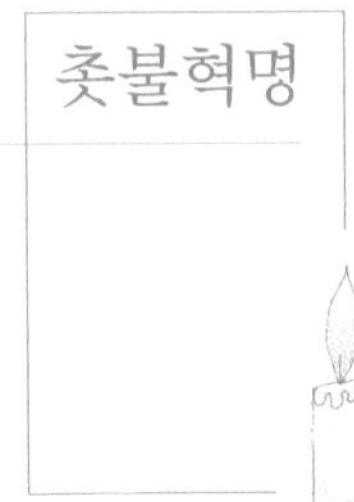

촛불혁명

박근혜 게이트의 겨울은 그 어느 해보다 어둡고 길었습니다.

일손을 놓고 국가란 무엇인가 묻고 또 물어야 했습니다.

대한민국의 국민이라는 게 창피해

주민등록증을 반납하고 싶었습니다.

하지만 광장의 촛불이 있었습니다.

민주주의를 지키기 위해 죽창 대신 촛불을 든 민중이 있었습니다.

이 땅의 주인은 민중이라는 걸 밝히는 촛불이었습니다.

촛불은 제 몸을 태워 어둠을 걷어냅니다.

'촛불혁명' 참으로 아름다운 이름입니다.

이제 '재스민혁명'을 부러워하지 않아도 되겠지요.

그러고 보니 봄입니다.

혁명의 완성을 위해 또 촛불을 켜고

겨우내 던져놓았던 붓을 들어야겠습니다.

박근혜 게이트의 겨울은 그 어느 해보다 어둡고 길었습니다
일손을 놓고 국가란 무엇인가 묻고 또 물어야 했습니다
대한민국의 국민이라는게 너무 창피해 주민등록증을 반납하고
싶었습니다 하지만 광장의 촛불이 있었습니다 민주주의를
지키기 위해 죽창대신   촛불을 든 민중이
있었습니다 이땅의   주인은 민중이라는 걸
밝히는 촛불이었습니다   촛불은 제 몸을 태워
어둠을 걷어냅니다   '촛불혁명' 참으로
아름다운 이름입니다   이제 재스민혁명을
부러워 하지 않아도   되겠지요 그러고 보니
봄입니다 혁명의   완성을 위해 또
촛불을 켜고 겨우내   던져놓았던 붓을
들어야겠습니다

                    -촛불혁명

                                          賢愚.2017

타임머신을 탈 수 있다면
가장 먼저 가보고 싶은 시간은
어린날이 아닐는지요
촌놈 촌년들은 더할 나위 없습니다
나무와 새와 물고기들의 정령을
느낄 수 있었던
돈 없이도 행복할 수 있었던
유일무이의 시간이기 때문입니다

소식이 끊긴 어릴적 친구가
문득 보고 싶어지는 계절입니다
추억으로 볼 나이가 된 모양입니다

 - 타임머신을 탈 수 있다면

현우 2017

타임머신을
탈 수 있다면

타임머신을 탈 수 있다면

가장 먼저 가보고 싶은 시간은

어린 시절이 아닐는지요.

촌놈 촌년들은 더할 나위 없습니다.

나무와 새와 물고기들의 정령을

느낄 수 있었던

돈 없이도 행복할 수 있었던

유일무이의 시간이기 때문입니다.

소식이 끊긴 어릴 적 친구가

문득 보고 싶어지는 계절입니다.

추억으로 살 나이가 된 모양입니다.

하루살이

비 오는 날 날개를 달고
처마 밑에 쭈그리고 앉아
하루 종일 한 생애가
그치길 기다렸습니다.
땅 속으로 돌아가면 다시는
날개를 꿈꾸지 않겠습니다.
불확실한 하루의 비상을 위해
삼년을 애벌레로 꿈틀거려야 하는
어리석은 짓은 절대
되풀이하지 않겠습니다.

비오는 날 날개를 달고
처마 밑에 쭈그리고 앉아
하루종일 한 생애가
그치길 기다렸습니다
땅속으로 돌아가면 다시는
날개를 꿈꾸지 않겠습니다
불확실한 하루의 비상을 위해
삼년을 애벌레로 꿈틀거려야 하는
어리석은 짓은 절대
되풀이 하지 않겠습니다

　　－하루살이

　　　　　賢愚 2016

세월호 특별법 제정 촉구 행진、이튿날 아침 일어나보니 여남은 중 꿩와 나 단 둘만 남았습니다. 우린 깃발 하나씩 들고 1박 했던 팔랑리 공소를 떠났습니다. 꿩가 웃으며 말 했습니다.

" 형、동지는 간데 없고   깃발만 나부껴"

'님을 위한 행진곡'을 나지막이 불렀습니다. 누가 따라오는 것 같아 뒤를 돌아봤습니다. 쑥부쟁이、마타리、벌개미취、조、녹두、벼、깨、콩... 팔랑리 가을 들판 전체가 우리를 따르고 있었습니다. 2014년 가을이었습니다.

. 행진

2017 현우

행진

세월호 특별법 제정 촉구를 위한 행진,
이튿날 아침 일어나보니 여남은 중 최와 나
단 둘만 남았습니다.
우린 깃발을 하나씩 들고
일박 했던 팔랑리 공소를 떠났습니다.
최가 웃으며 말했습니다.
"형, 동지는 간데없고 깃발만 나부껴."

「님을 위한 행진곡」을 나지막이 불렀습니다.
누가 따라오는 것 같아 뒤를 돌아봤습니다.
쑥부쟁이, 마타리, 벌개미취, 수수, 조, 벼, 깨, 콩……
팔랑리의 초가을 들판 전체가 우리를 따르고 있었습니다.
2014년 초가을이었습니다.

화투와 악기

아버지는 평생 노름을 했고 우리 집은 자주 이사를 다녔습니다.

아버지는 늘 악기를 먼저 챙겼습니다.

아코디언, 기타, 하모니카.

아버지는 가끔 화투를 내려놓고 악기를 들었습니다.

음악이 꿈이었지만 할아버지의 결사 반대로 날개를 접었습니다.

기타를 들면 「울밑에선 봉선화야 네 모양이 처량하다」

노래를 하곤 했습니다.

아버지가 악기를 잡는 날은 온 식구가 행복했습니다.

아버지를 미워할 수 없었습니다.

차마 음악을 미워할 수 없었습니다.

아버지는 평생 노름을 했고, 우리 집은 자주
이사를 다녔습니다. 아버지는 늘 악기를 먼저
챙겼습니다. 아코디언, 기타, 하모니카
아버지는 가끔 화투를 내려놓고 악기를 들었
습니다. 음악이 꿈이었건만 할아버지의 결사
반대로 날개를 접었습니다. 기타를 들면
'울 밑에 선 봉선화야 네 모양이 처량하다'
노래를 하곤 했습니다.

아버지가 악기를 잡는 날은 온 식구가 행복
했습니다. 아버지를 미워할 수 없었습니다
차마 음악을 미워할 수 없었습니다.

-화투와 악기

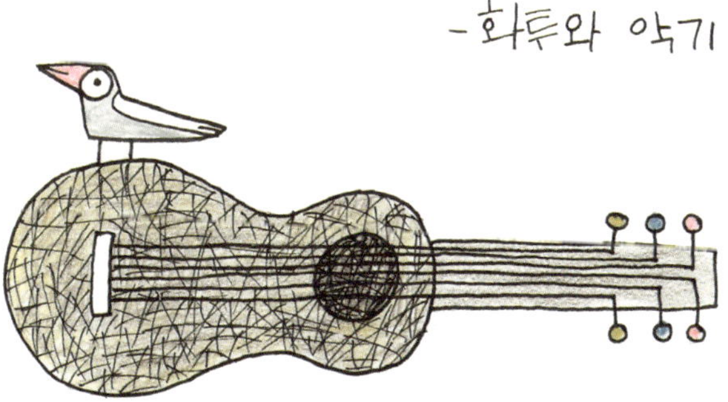

현우 2017

집을 비운 사이 동해 바닷가에
빨랫줄에 반건조 오징어를
빈집 마당에 바다를 부려놓고

오징어를 차마 못 먹겠습니다

· 후배의 오징어

사는 후배가
널어놓고 갔습니다
갔습니다

입어야겠습니다

현우 2017

집을 비운 사이 동해 바닷가에 사는 후배가
빨랫줄에 반 건조 오징어를 널어놓고 갔습니다.
내륙에 바다를 부려놓고 갔습니다.

오징어를 차마 못 먹겠습니다.
입어야겠습니다.

희망가

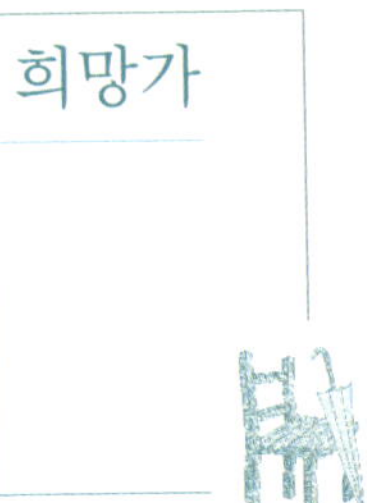

풍물 시장 북산 집은 비 오는 날이 장날입니다.
비가 내려야 공일인 사람들이 빗물에 흘러와
곤계란*에 막걸리를 마십니다.
싸고 목메지 않은 안주가 흔치 않다고
곤계란이 최고라며 가난의 껍질을 벗깁니다.

"좆같은 세상" 탁자엔 욕설만 수북이 쌓이고
비는 그치지 않습니다.
술에 취하면 세상도 빈대떡처럼 쉽게 뒤집어진다며
한 생애를 공친 늙은 사내는 희망가를 부릅니다.

"이 풍진 세상을 만났으니 너의 희망이 무엇이냐
부귀와 영화를 누렸으면 희망이 족할까……"

*부화 직전의 달걀

풍물시장 북산집은 비오는 날이 장날입니다
비가 내려야 공일인 사람들이 빗물에 흘려와
곤계란에 막걸리를   마십니다
싸고 목메지 않은   안주가 흔치않다고
곤계란이 최고라며   가난의 껍질을 벗깁니다

"죽같은 세상" 탁자엔
비는 그치지 않습니다   욕설만 수북이 쌓이고
세상도 빈대떡처럼   술에 취하면
한 생애를 공친   쉽게 뒤집어진다며
희망가를 부릅니다   늙은 사내는

`이 풍진 세상을 만났으니 너의 희망이 무엇이냐
부커와 영화를 누렸으면 희망이 족할까`

                    — 희망가

                              賢愚 2016

거울을 봤습니다
좌우 옆머리에만 집중해
서리가 내렸습니다
좌뇌와 우뇌를 균형 있게 사용했다는
증거라고 생각했습니다
최대한 긍정하며 스스로를 부추길 나이입니다
그러나 머리염색은 안할 겁니다
까맣게 염색한 머리는
늙음을 가리는 게 아니라 더 들어냅니다
벌레 먹어 구멍 숭숭 뚫린 낙엽이
제 눈엔 더 아름다워 보이기 때문입니다

- 흰머리

현우 2017

흰머리

거울을 봤습니다.

좌우 옆머리에만 집중해 서리가 내렸습니다.

좌뇌와 우뇌를 균형 있게 사용했다는 증거라고 생각했습니다.

최대한 긍정하며 스스로를 부추길 나이입니다.

그러나 머리염색은 안 할 겁니다.

까맣게 염색한 머리는

늙음을 가리는 게 아니라 더 들어냅니다.

벌레 먹어 구멍 숭숭 뚫린 낙엽이

제 눈엔 더 아름다워 보이기 때문입니다.

11월의 11이란 숫자는
쓸쓸하다는 의미의
상형문자 같습니다.
그대와 나 사이가
너무 휑합니다.

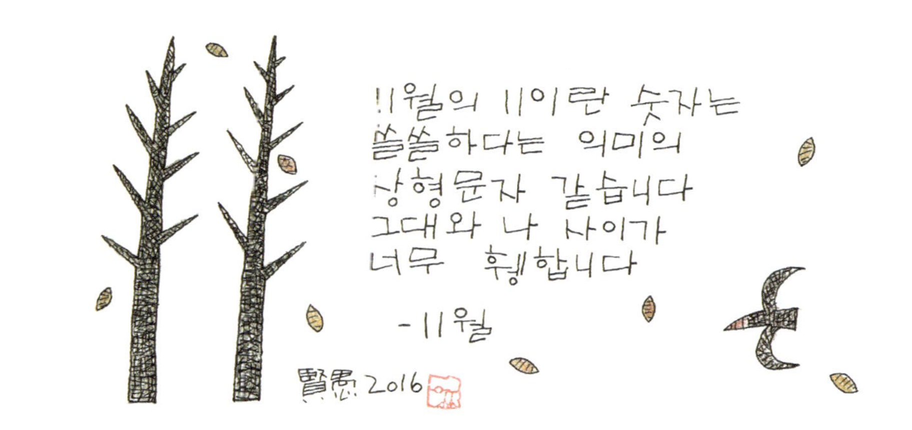

11월의 11이란 숫자는
쓸쓸하다는 의미의
상형문자 같습니다
그대와 나 사이가
너무 휑합니다

-11월

賢愚 2016

마침내 고백할 때가 온 것 같습니다. 사실
저는 외계인이었습니다. 우주선 고장으로 지구
에 불시착 한 겁니다. 지구보다 더 멀고 더
작은 별을 향해 가던 중이었습니다. 이제
가던 길을 마저 가야겠습니다. 그 동안 지
구에 적응하느라 힘들었습니다. 참고 견
디는 동안 지구 문명은 무섭게 발전 했습
니다. 제 우주선을 고칠 수 있는 수준이 된 것
같습니다. 제가 가는 별엔 국가가 없습니다.
하여 독재도 없고 전쟁도 없고 자본주의도 없고
핵폭탄도 없고 미세먼지도 없고 자폭테러도
없고 금수저도 없고 갑질도 없고 감옥도 없습니다.
그런데 제가 타고 온 우주선은 어느 구석에
처박혀 있단 말인가요? 기억이 안 나는군요.
기억이 돌아올 때까지 또 참고 견뎌야 할
모양입니다.

- 고백

현우 2017

길냥이 개체수가 늘어나면서 뭐가 귀해졌습니다. 이대로 가다간 쥐를 천연기념물로 지정해야 할 판입니다. 길냥이에 대한 인간들의 태도도 다양합니다. 수입의 절반 이상을 길냥이 사료 구입에 쓰는 시인이 있는가 하면 길냥이를 태워 죽이는 사이코패스도 있습니다.

거리에서 쓰레기통을 뒤지는 길냥이들을 볼 때마다 인간이든 동물이든 개체수 조절이 곧 생태고 생존이란 걸 새삼 깨닫곤 합니다. 북유럽의 레밍이라는 설치류는 개체 수를 조절 하기 위해 바다로 집단 투신자살 을 한다지요.

달리는 자동차 드는 길냥이들의 조섬을 위한 자살이   앞으로 뛰어 행동도 개체수 아닐는지요?

-길냥이

현우2017

감나무에
날짐승들 먹으라고
남겨놓던 감 몇 알
이를 하여 까치밥입니다
고수레도 귀신을 위한 게
아니라 들짐승들과
나눠먹기 위한
의식입니다
이렇게 착하고
정 많은 민족이 지구상에
과연 얼마나 될까요

뭐가 잘못됐는지
자식이 돈 때문에
부모를 죽이는
천민자본주의
시대가 됐습니다
굴절된 현대사
탓이겠지요

하지만 고유의 민족성
이 어디로 가지는 않
았을 것입니다
어찌해야 인간성을 회
복할 수 있을까요 검색
해보니 '인간성회복운동본부'
라는 단체도 있네요
착하게 살아야겠습니다

- 까치밥

현우 2017

무슨 죄를 지었기에 나방은
어둠속을 헤매는 걸까요?
얼마나 어두운 별에서 왔기에
빛이라면 목숨을 걸고
날아드는 걸까요?
몇 생을 빛을 향해 날아야
나비가 되는 걸까요?

- 나방

옆에 앉아 듣는 사람 쿡쿡 치면서 말하는
버릇을 가진 사람은 싫습니다. 그러나 불행
하게도 그런 사람이 안 그런 사람보다 훨씬
많습니다. 자신의 말을 들으라고 강요하는 겁니다.
대부분 그런 사람들의 말은 재미없습니다. 본
인도 자신의 말이 재미없다는 걸 무의식적으로
알고 있기 때문에 무의식적으로 하는 행동이 아
닐는지요?

· 버릇

현우2017

새해엔 "부자 되세요" 같은
부박한 인사는
안 받았으면 좋겠습니다
부자 되려고 예술 하는 사람이
어디 있겠습니까

내가 배부르면
누군가 배고프다는 걸
알아채며 날 수 있는
한 해였으면 좋겠습니다

-새해엔

賢愚 2016 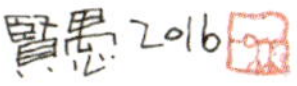

식물의 계절입니다. 한해살이 식물들의 생애를 생각했습니다. 한해살이들에게 유월은 청춘 시절입니다. 인간의 청춘과 한해살이의 청춘은 어떻게 다를까요? 인간들처럼 꿈을 꾸고 방황도 할까요. 아, 참, 식물은 다리가 없어 방황은 안 해도 되겠네요.

처음이자 마지막인 봄 여름 가을, 한해살이의 계절은 얼마나 새롭고 눈부실까요? 자식들의 겨울을 걱정하지 않고 죽어도 되는 한해살이가 몹시 부러웠습니다.

다음 생엔 태어나고 한해살이로 싶습니다.

얼마나 공덕을 할까요?

쌓아야

· 한해살이

현우 2017